pequenas
felicidades

Danuza Leão

Domingos Pellegrini

Drauzio Varella

Edgard Telles Ribeiro

Haroldo Jacques

Ivan Angelo

João Anzanello Carrascoza

Luiz Alberto Py

Moacyr Scliar

Paulo Mendes Campos

Rachel de Queiroz

Tatiana Belinky

Toquinho

pequenas felicidades

Organização de
Carmen Lucia Campos e Nílson Joaquim da Silva

Diretor editorial
Marcelo Duarte

Diretora comercial
Patty Pachas

Diretora de projetos especiais
Tatiana Fulas

Assistentes editoriais
Vanessa Sayuri Sawada
Juliana Paula de Souza
Ana Luiza Candido

Assistentes de arte
Alex Yamaki
Daniel Argento

Projeto gráfico e diagramação
Olivia Pezzin e Bruno Melnic – Estúdio Mondo

Capa
Daniel Argento

Preparação
Tuca Faria

Revisão
Juliana de Araujo Rodrigues

Impressão
Corprint

CIP – BRASIL. CATALOGAÇÃO NA FONTE
SINDICATO NACIONAL DOS EDITORES DE LIVROS, RJ

Pequenas felicidades/ Tatiana Belinky... [et al.]; [Carmen Lucia Campos, Nílson Joaquim da Silva orgs.]. – São Paulo: Panda Books, 2012. 72 pp.

ISBN: 978-85-7888-205-1

1. Conto brasileiro. I. Belinky, Tatiana, 1919-. II. Campos, Carmen Lucia. III. Silva, Nílson Joaquim da, 1929-.

12-0224   CDD: 869.93
                                             CDU: 821.134.3(81)-3

2012
Todos os direitos reservados à Panda Books.
Um selo da Editora Original Ltda.
Rua Henrique Schaumann, 286, cj. 41
05413-010 – São Paulo – SP
Tel./Fax: (11) 3088-8444
edoriginal@pandabooks.com.br
www.pandabooks.com.br
twitter.com/pandabooks
Visite também nossa página no Facebook.

Nenhuma parte desta publicação poderá ser reproduzida por qualquer meio ou forma sem a prévia autorização da Editora Original Ltda. A violação dos direitos autorais é crime estabelecido na Lei nº 9.610/98 e punido pelo artigo 184 do Código Penal.

*... eu sou do tamanho do que vejo
E não do tamanho da minha altura.*

Alberto Caeiro

Felicidade é ter algo o que fazer, ter algo que amar e algo que esperar.

Aristóteles

Sumário

APRESENTAÇÃO 8

O TROCO 11
Tatiana Belinky

JOGO 14
Edgard Telles Ribeiro

NEGÓCIO DE MENINO COM MENINA 17
Ivan Angelo

PEQUENAS TERNURAS 22
Paulo Mendes Campos

ILUMINADOS 25
João Anzanello Carrascoza

OS NOVENTA 36
Rachel de Queiroz

A VERTIGEM 40
Drauzio Varella

É PERMITIDO SONHAR 45
Moacyr Scliar

A MORTE E A ESPIRITUALIDADE 49
Luiz Alberto Py e Haroldo Jacques

PEQUENAS FELICIDADES 53
Danuza Leão

FELICIDADE 57
Domingos Pellegrini

RECEITA DE FELICIDADE 61
Toquinho

REFERÊNCIAS BIBLIOGRÁFICAS 63

OS AUTORES 65

OS ORGANIZADORES 70

Apresentação

Já dizia o escritor Guimarães Rosa: "felicidade se acha em horinhas de descuido". Quem não se encanta com o sorriso de uma criança ou não se deleita com o encontro inesperado com o amigo mais querido? Como descrever a indescritível emoção do primeiro beijo – ou do segundo, ou do terceiro –, ou explicar a inexplicável sensação de encontrar seu nome na tão esperada lista de aprovados do vestibular? O gosto bom da fruta colhida do pé. O vento no rosto do passeio de bicicleta. A troca do guarda-chuva pelo banho de chuva. O caminhar despreocupado pelas ruas da cidade como se estivesse no campo ou na praia. A liberdade para buscar a felicidade no que lhe faz feliz...

Não importa qual seja nossa idade, se somos ricos ou pobres, se torcemos para esse ou aquele time. Não importa a opção sexual, o grau de instrução, as origens, a religião ou as preferências musicais, literárias, culinárias, todos desejamos ser felizes, e a verdadeira felicidade, como definiu o filósofo Rousseau, não pode ser descrita, ela é sentida. E acrescentamos: ela é plural, só tem sentido nas diferenças. Cada um busca a *sua* felicidade.

Este livro reúne histórias, vivências e reflexões de personalidades de diversas áreas de nossa cultura, como Paulo Mendes Campos e Drauzio Varella, Rachel de Queiroz e Toquinho, que fizeram das pequenas felicidades cotidianas o mote dos escritos selecionados para esta antologia. Aliás, eles mostram que a felicidade não necessariamente é motivo de prazer, mas, sempre, é caminho para o crescimento.

Os organizadores

O TROCO
Tatiana Belinky
● ● ●

A inocência de uma criança pode nos surpreender e até converter nosso descrédito no ser humano em um raro momento de felicidade.

Na esquina da Sete de Abril com a Bráulio Gomes, o cafezinho era ótimo, e eu não deixava de saboreá-lo sempre que andava nas proximidades. Naquela tarde, lá estava eu, como de costume, esperando no balcão pelo meu puro sem açúcar, quando reparei no garoto parado do lado de fora. Teria uns 12 anos, e a roupa surrada, grande demais, sobrava no seu corpo magrinho. Seus olhos escuros e tristes passavam de um freguês para outro, até que se detiveram em mim. Ele aproximou-se timidamente e disse baixinho:

– A senhora podia me comprar um sanduíche?

Eu até lhe compraria o sanduíche, mas aquele lugar era um balcão de bar, não uma sanduicheria!

– Sinto muito, aqui não vendem sanduíches, menino – falei.

Mas o garoto retrucou de pronto:

– Eu sei, mas tem lá na frente! – e indicou uma lanchonete do outro lado da rua, na esquina da Marconi.

– Espere um momento – falei e abri a bolsa à procura de uns trocados para o tal sanduíche, que devia custar dois ou três cruzeiros. Só que a menor nota que encontrei na carteira era uma grandinha, de cinquenta cruzeiros; muito mais que o necessário. Mas o garoto era tão subnutrido, tinha uma carinha tão triste, que lhe estendi a nota de cinquenta, pensando: "Ele bem que precisa, isto lhe dará para muitos sanduíches, bom proveito!". E voltei-me para o cafezinho que acabava de chegar, já esquecida do menino que saíra correndo, sem mesmo um "muito obrigado".

O cafezinho estava bom, bem quente, e eu, degustando-o devagarinho, ainda estava no meio da xícara, quando de repente aquele menino surgiu diante de mim, com o sanduíche numa mão e algumas notas de dinheiro na outra, que ele me estendeu, muito sério:

– O seu troco, dona!

E como eu ficasse parada, sem reagir – de surpresa –, ele meteu o dinheiro na minha mão, resoluto, e então sorriu:

– Muito obrigado!

E foi-se embora, rápido, antes que eu pudesse dizer-lhe "fique com o troco", como era a minha vontade.

É verdade que eu podia ter ido atrás dele, podia tê-lo chamado, mas algo me disse, lá no meu íntimo, que eu não devia fazer isso. Devia mais era aceitar a dignidade com que aquela criança pobre não abusou do meu gesto, que, evidentemente, entendeu não como uma esmola, mas como uma prova de confiança na sua correção...

JOGO
Edgard Telles Ribeiro

● ● ●

O futebol pode fazer as pessoas felizes, mesmo quando não há gol para comemorar? Na história a seguir, a paixão pelo clube traz à tona o amor entre pai e filho, antes escondido pelas agruras da vida.

Domingo era dia de jogo e o menino acordava embrulhado em sua bandeira. Na praia, com o pai, não tocava no assunto. Nem precisava: desde a mais tenra hora da manhã, quando o galo cantava no quintal da vizinha e, de sua janela, via a meninada carregando os pneus pretos rumo às águas paradas da baía, ele sabia: o dia seria pontilhado de alegrias.

Iam de trem para o estádio. Os gritos, o papel picado e a nuvem de pólvora seca já povoavam suas retinas. Vestia a camisa do time, orgulhoso da importância do pai, que dispensava uniformes e bandeiras porque trazia no sangue as cores do clube. Demorara a entender como isso era possível – a questão do sangue –, mas era. O pai garantira. Perguntara à mãe com que idade suas veias também acolheriam o sangue do clube. Quando passasse a beber cachaça, ela respondera sem parar de esfregar a roupa. Quando lavava roupa seu rosto magro ficava vermelho. Era bela, sua mãe.

E seu pai, forte. Batia nele, sem a menor razão. Mas hoje era dia de jogo, não bateria nele.

No fundo, pouco importava o que se passava no campo: quando um grito estrondoso tomava o estádio, era agarrado, sufocado, beijado e atirado aos céus. E quando, por um descuido dos deuses, isso deixava de acontecer – e cabia aos outros gritar como demônios –, era ainda melhor: o pai encolhia. Ficava pequenino na multidão. Ele vira com os próprios olhos, mais de uma vez. O sangue do clube... Se desaparecia do rosto, talvez secasse nas veias.

Nessas ocasiões, na volta, o trem já quase vazio, o pai abraçava-se a ele. Um abraço silencioso e quente, mais confortador do que a vitória.

Era o melhor jogo do mundo, não havia como perder. Tentou explicar isso para a irmã. Ela olhou fundo para ele e torceu lentamente o braço esquerdo da boneca. Até arrancá-lo.

Aquilo sim era um mistério.

NEGÓCIO DE MENINO COM MENINA

Ivan Angelo

Dizem que o dinheiro não traz felicidade porque não compra as melhores coisas da vida. Aqui, a determinação e a generosidade de uma criança mostram bem o quanto isso é verdade.

O menino, de uns dez anos, pés no chão, vinha andando pela estrada de terra da fazenda com a gaiola na mão. Sol forte de uma hora da tarde. A menina, de uns nove anos, ia de carro com o pai, novo dono da fazenda. Gente de São Paulo. Ela viu o passarinho na gaiola e pediu ao pai:

– Olha que lindo! Compra pra mim?

O homem parou o carro e chamou:

– Ô menino.

O menino voltou, chegou perto, carinha boa. Parou do lado da janela da menina. O homem:

– Esse passarinho é pra vender?

– Não senhor.

O pai olhou para a filha com uma cara de deixa pra lá. A filha pediu suave como se o pai tudo pudesse:

– Fala pra ele vender.

O pai, mais para atendê-la, apenas intermediário:

– Quanto você quer pelo passarinho?

– Não tou vendendo não senhor.

A menina ficou decepcionada e segredou:

– Ah, pai, compra.

Ela não considerava, ou não aprendera ainda, que negócio só se faz quando existe um vendedor e um comprador. No caso, faltava o vendedor. Mas o pai era um homem de negócios, águia da Bolsa, acostumado a encorajar os mais hesitantes ou a virar a cabeça dos mais recalcitrantes:

– Dou dez mil.

– Não senhor.

– Vinte mil.

– Vendo não.

O homem meteu a mão no bolso, tirou o dinheiro, mostrou três notas, irritado.

– Trinta mil.

– Não tou vendendo, não, senhor.

O homem resmungou "que menino chato" e falou pra filha:

– Ele não quer vender. Paciência.

A filha, baixinho, indiferente às impossibilidades da transação:

– Mas eu queria. Olha que bonitinho.

O homem olhou a menina, a gaiola, a roupa encardida do menino, com um rasgo na manga, o rosto vermelho de sol.

– Deixa comigo.

Levantou-se, deu a volta, foi até lá. A menina procurava intimidade com o passarinho, dedinho nas gretas da gaiola. O homem, maneiro, estudando o adversário:

– Qual é o nome deste passarinho?

– Ainda não botei nome nele, não. Peguei ele agora.

O homem, quase impaciente:

– Não perguntei se ele é batizado não, menino. É pintassilgo, é sabiá, é o quê?

– Aaaah. É bico-de-lacre.

A menina, pela primeira vez, falou com o menino:

– Ele vai crescer?

O menino parou os olhos pretos nos olhos azuis.

– Cresce nada. Ele é assim mesmo, pequenininho.

O homem:

– E canta?

– Canta nada. Só faz chiar assim.

– Passarinho besta, hein?

– É. Não presta pra nada, é só bonito.

– Você pegou ele dentro da fazenda?

– É. Aí no mato.

– Essa fazenda é minha. Tudo que tem nela é meu.

O menino segurou com mais força a alça da gaiola, ajudou com a outra mão nas grades. O homem achou que estava na hora e falou já botando a mão na gaiola, dinheiro na outra mão.

– Dou quarenta mil, pronto. Toma aqui.

– Não senhor, muito obrigado.

O homem, meio mandão:

– Vende isso logo, menino. Não tá vendo que é pra menina?

– Não, não tou vendendo não.

– Cinquenta mil! Toma! – e puxou a gaiola.

Com cinquenta mil se comprava um saco de feijão, ou dois pares de sapatos, ou uma bicicleta velha.

O menino resistiu, segurando a gaiola, voz trêmula.

– Quero não senhor. Tou vendendo não.

– Não vende por quê, hein? Por quê?

O menino acuado, tentando explicar:

– É que eu demorei a manhã todinha pra pegar ele e tou com fome e com sede, e queria ter ele mais um pouquinho. Mostrar pra mamãe.

O homem voltou para o carro, nervoso. Bateu a porta, culpando a filha pelo aborrecimento.

– Viu no que dá mexer com essa gente? É tudo ignorante, filha. Vam'bora.

O menino chegou pertinho da menina e falou baixo, para só ela ouvir:

– Amanhã eu dou ele pra você.

Ela sorriu e compreendeu.

PEQUENAS TERNURAS
Paulo Mendes Campos

● ● ●

O que torna uma pessoa feliz? O autor faz uma lista de gestos cotidianos que se transformam em felicidade para quem consegue ir além do superficial e do imediato.

Quem coleciona selos para o sobrinho; quem acorda de madrugada e estremece no desgosto de si mesmo ao lembrar que há muitos anos feriu a quem amava; quem chora no cinema ao ver o reencontro de pai e filho; quem segura sem temor uma lagartixa e lhe faz com os dedos uma carícia; quem se detém no caminho para contemplar a flor silvestre; quem se ri das próprias rugas ou de já não aguentar subir uma escada como antigamente; quem decide aplicar-se ao estudo de uma língua morta depois de um fracasso amoroso; quem procura numa cidade os traços da cidade que passou, quando o que é velho era frescor e novidade; quem se deixa tocar pelo símbolo da porta fechada; quem costura roupas para os lázaros; quem envia bonecas às filhas dos lázaros; quem diz a uma visita pouco familiar, já quebrando a cerimônia com um início de sentimento: "Meu pai só gostava de sentar-se nessa cadeira"; quem manda livros para os presidiários; quem ajuda a fundar um asilo de órfãos; quem se comove ao ver passar de cabeça branca aquele ou aquela, mestre ou mestra, que foi a fera do colégio; quem compra na venda verdura fresca para o canário; quem se lembra todos os dias de um amigo morto; quem jamais negligencia os ritos da amizade; quem guarda, se lhe derem de presente, a caneta e o isqueiro que não mais funcionam; quem, não tendo o hábito de beber, liga o telefone internacional no segundo uísque para brincar com amigo ou amiga distante; quem coleciona pedras, garrafas e folhas ressequidas; quem passa mais de 15 minutos a fazer mágicas para as crianças; quem guarda as cartas do noivado com uma fita; quem sabe construir uma boa fogueira; quem entra em ligeiro e misterioso transe diante dos velhos troncos, dos musgos e dos líquens; quem procura decifrar no desenho da madeira o hieróglifo da existência; quem não se envergonha da beleza do pôr do sol ou da perfeição de uma concha; quem se desata em riso à visão de uma cascata; quem não se fecha à flor que se abriu de manhã; quem se impressiona com as águas nascentes, com os transatlânticos que passam, com os olhos dos animais ferozes; quem se perturba com o crepúsculo; quem visita sozinho os lugares onde já foi feliz ou infeliz; quem de repente liberta os pássaros do viveiro; quem sente pena da pessoa amada e não sabe explicar o motivo; quem julga perceber o "pensamento" do boi e do cavalo; todos eles são presidiários da ternura, e, mesmo aparentemente livres como os outros, andarão por toda parte acorrentados, atados aos pequenos amores da grande armadilha terrestre.

ILUMINADOS
João Anzanello Carrascoza

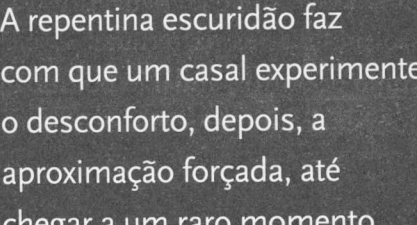

A repentina escuridão faz com que um casal experimente o desconforto, depois, a aproximação forçada, até chegar a um raro momento de plena felicidade.

Estavam sentados no sofá, marido e mulher, cada um com seu prato na mão, quando ocorreu o blecaute. Um grito ecoou pela vizinhança, sinal de que não fora problema só deles, um fusível queimado. A todos de uma só vez a escuridão engoliu. E, depois, a quietude dos grandes sobressaltos.

O susto apagou também a tranquilidade do casal. A surpresa os mastiga, vorazmente, assim como mastigam a última garfada de comida que haviam levado à boca.

– *Carajo!* – Ramón grita, e se levanta.

Corre para desligar a televisão, podem perdê-la se a luz retornar de uma hora para outra. Sorte não existir nada à frente, mesa ou cadeira, que lhe tornasse o caminho perigoso, vantagem de se viver em casa modesta e não ter crianças.

– Não dá pra comer desse jeito!

Desde que se casaram, as noites de ambos têm sido tranquilas. Deviam antes agradecer, dádiva magnífica essa escuridão, mas reclamar é do homem, como o corte é da tesoura.

– Será que vai demorar? – Lúcia pergunta, engolindo a comida.

– Eu que sei? – ele resmunga, voltando ao sofá. – Não vejo nada.

Por um momento, imóveis e esperançosos, aguardam o milagre. Como se o blecaute fosse apenas um piscar de olhos da realidade; a luz nem bem sumiu, já reapareceria.

A escuridão continua, plena, é preciso habituar os olhos. O silêncio se debate, como um coração, ou dois, entre as paredes.

— Vou buscar uma vela — diz Lúcia, erguendo-se.

Nascida entre as montanhas de Minas, sobra-lhe serenidade, precisa acalmar o marido, este espanhol explode fácil. Mas, se tem pavio curto, a quantidade de pólvora é mínima. Furioso num instante, resignado no outro. Nesta noite, tem razão em reclamar, difícil encontrar alguém satisfeito com o inesperado. Há quem esteja em apuro maior, sob o chuveiro, ao pé do fogão, dentro de um elevador.

— Não precisa — ele ruge. — Perdi a fome.

A luz dos faróis de um carro ricocheteia na vidraça da sala. O súbito clarão revela um vulto inerte, outro a oscilar, duas faces pálidas, já de volta ao escuro.

Lúcia se esgueira pelo corredor, medindo os passos, como uma equilibrista, os olhos abertos mas vendados, o prato flutua em sua mão vacilante. Ela, sim, deveria se impacientar. Com a falta de luz, não poderá arrematar as costuras do Carnaval para o dia seguinte.

Na cozinha, ela coloca o prato sobre o mármore da pia e, às apalpadelas, procura pela caixa de fósforos. Não a encontra, e quem a toma pela mão é o medo, estranha lembrança de lápides, densa presença da morte. A mulher procura entre as panelas no fogão, os olhos distinguem alguns contornos, atenuaram-se as sombras, a sólida obscuridade se ameniza, o marido, quando irritado, se expressa em língua materna:

– *Me cago en Dios!*

Lúcia achou a caixa de fósforos, riscou um palito, a chama titubeia e já se apruma. Rápida, ela abre uma gaveta do armário, sabe o que falta e o que sobra em casa, ali há um maço de velas, não para urgências como a de hoje, mas para louvar São Paulo, santo de quem é devota, desde menina, em Ouro Preto. Antes que o palito se queime inteiramente, ela já passou o fogo para um toco de vela. O pequeno facho de luz surpreende a escuridão, detém-na, mas não a domina, o exército das sombras é incontável.

Estão os dois, marido e mulher, novamente sentados no sofá, o prato nas mãos, a comida ainda não esfriou, embora seu sabor tenha se alterado, para melhor, jantam agora à luz de vela. Ramón serenou, Lúcia leva o garfo à boca e o observa furtivamente. Há pouco assistiam TV, distantes um do outro e, de súbito, ele pode sentir a respiração de Lúcia, ela pode escutá-lo mastigando ruidosamente a comida, os dentes sadios e afiados.

Não há nenhum castiçal dourado, mesa com requintes, nem dois cálices de xerez. Tampouco alguém para lhes servir à mesa. A vela, grudada a um pires, humilde feito uma coluna em ruínas, derrete silenciosamente. A chama projeta na parede duas sombras, estremecidas, que a um gesto de Lúcia parecem se fundir numa única.

Apesar do mau humor, Ramón come com prazer. À beira da chama miúda, a agulha do acaso ou de Deus costura uma atmosfera acolhedora. Se a sombra se projeta em parede de tijolo ou rocha, tanto faz, a quietude da sala recorda o eco em uma gruta.

– A gente comendo à luz de vela – ela diz, limpando os lábios gordurosos. – É até engraçado!

– Não vejo graça nenhuma – ele resmunga. – Se a luz não voltar, vamos ter de tomar banho frio.

– Vai voltar – ela diz. – Tenho encomenda pra amanhã.

– Pro Carnaval?

– É!

– Pode esquecer.

– Às vezes vem rápido – ela diz. – Quem sabe dá até pra pegar o finzinho do jornal.

Se ainda não estão próximos, pelo menos o blecaute reduziu a distância entre eles. Há muito não permanecem assim, juntos e quietos, um a medir o silêncio do outro, jantando sem a interferência das notícias, voltados para suas vidas, não para o vídeo.

Outro carro irrompe lá fora, cortando a paz da noite. O bairro permanece às escuras. Em todas as casas, a refletir nos vidros, a chama das velas tremula, confundindo sombras, vultos que bailam como fantasmas.

Lúcia recolhe os pratos, curta foi a refeição, apesar de interrompida, longa será a próxima hora, sem a TV para hipnotizar Ramón no sofá, a costura para manter a mulher ocupada.

Ela deixa a vela para o marido, acende outra na cozinha, é preciso lavar toda a louça, tarefa difícil à meia-luz, mas poderia realizá-la de olhos fechados, se é que já não o faz hoje.

A vela da sala logo se junta à da cozinha. Sem o que fazer, o marido vem ajudá-la. Para surpresa de Lúcia, Ramón pega do pano, gesto proibido aos homens, mesmo meninos, na sua Espanha, e vai enxugando silenciosamente os talheres.

– Onde ponho isso? – ele pergunta, a escumadeira nas mãos, sem saber qual a sua utilidade.

– Ali, naquela gaveta – ela responde, apontando com as mãos ensaboadas. Ele a guarda na gaveta errada, mais abaixo.

Não há crianças na casa, bem que gostariam, mas Lúcia não conseguiu ainda, triste anomalia, quem sabe um novo tratamento resolva o seu caso.

– Acho que desta vez vai demorar – ela diz.

– Já me conformei – ele comenta, depois de enxugar os dois copos. – Vou perder o jogo do Corinthians.

– O escuro me lembra a infância – ela diz. – Faltava luz quando chovia. Minha mãe queimava ervas pra Santa Rita.

– A minha rezava pra Virgem de Macarena – ele diz. – E contava histórias. Juntava as mãos e das sombras na parede saía tudo quanto é bicho.

– Eu morria de medo.

– Eu também.

– Parecia o fim do mundo.

– A gente ia pra cama mais cedo.

– Tomava banho de bacia.

Ele sorriu, ela também.

Faltam só duas panelas e a cozinha logo estará em ordem; com um ajudante, mesmo desajeitado, vai-se mais rápido.

– Se quiser banho quente, posso ferver um caldeirão de água – ela diz, terminando o serviço.

Ramón permanece calado. Com o pano de prato entre os dedos, abre a porta dos fundos e o pendura no varal. Lá fora, o escuro palpita, a quietude se desdobra pela noite, o ar úmido é como seda no rosto. Uma luminosidade se insinua acima do muro e, só quando ergue os olhos, ele descobre, boquiaberto, as estrelas pulsando no espaço.

– *Coño!*

Lúcia vem em sua direção, nem sonhava com mais esta surpresa da noite.

– Nossa!

As duas velas ardem na pia, o casal observa os astros. Por alguns minutos, vão permanecer mudos, como crianças, girando a cabeça para ver as estrelas.

– A última vez que vi um céu assim, a gente tinha começado a namorar – diz Ramón, antes de voltar à cozinha.

– Lembro bem – ela emenda. – Foi na varanda de casa. Você declamou um poema de García Lorca.

Ele fecha a porta, ela vai enchendo o caldeirão de água, conhece bem seu marido, hoje está lhe recordando outro, aquele com forte sotaque, que lhe despertou a atenção no passado.

Ramón apanha uma das velas e se enfia pelo corredor, sorrateiro e hesitante como um espectro. O breve fulgor da chama desenha estranhas imagens nas paredes, que já retornam à escuridão. No quarto, ele abre o guarda-roupa e algo se desprende lá do fundo, vem sobre ele, vai cair no assoalho, se não for amparado. O susto lhe retarda a ação e, quando se move, não pode mais evitar a queda do objeto. Ao tosco ruído da madeira contra o chão sucede o alegre retinir das cordas. É o seu violão gitano, de muito uso ontem, quase nenhum hoje.

– *Mierda!*

Em boa hora vem este violão, desafinado, uma película de pó o cobre, se o dono não vai até ele, eis que o próprio se move. As velas queimam, uma apoiada no pires sobre o criado-mudo, outra na pia da cozinha, Lúcia à beira do fogão zelando pela água, há quanto tempo ele não lhe canta uma música?

O marido recolhe o instrumento e se faz a mesma pergunta, nem parece que há uma massa de trevas a separá-los, o essencial é que se tocam, se por pele ou pensamento, não importa. Ramón segura o violão um instante, antes de recostá-lo à cabeceira da cama, a única riqueza que trouxe de sua terra, além da que lhe vai no sangue. Vira-se para o guarda-roupa em busca de *short* e camiseta, tomar banho é o próximo programa da noite. Se esperasse um pouco, talvez a luz voltasse, mas Lúcia já aqueceu a água, seria triste desapontá-la.

Ela se esqueceu da costura para o dia seguinte, controla a fervura no caldeirão e em outra panela que levou ao fogo. Dos dois, é quem primeiro sente a dádiva cosida pelo blecaute, já a recebeu outras vezes, chovia forte e costumava faltar luz em Ouro Preto. O terceiro pires, com um toco de vela a arder, repousa na mesa da cozinha, para a borda da banheira Lúcia o conduz, vai misturar as duas águas, a fria primeiro, jato de torneira e, em seguida, a fervente, do caldeirão.

Ramón se despe devagar. Três velas clareiam suas pernas peludas, seu pênis recolhido, suas largas espáduas, e Lúcia, refletida no espelho, tanto quanto as chamas que tremulam, vê o marido deslizar pela banheira, uma contração na face, a água elemental a lhe ungir o corpo.

– Muito quente? – ela pergunta.

– Não – ele responde.

– Vou ferver mais um caldeirão!

Ramón fecha os olhos, uma delícia o torpor que sente. Desde que haviam alugado a casa, reclamava da banheira. Nunca a haviam usado, queriam substituí-la por um *box*. Ele agora experimenta uma inesperada sensação de abandono, como se a solidão lhe cutucasse e, então, chamou:

– Lúcia!

A costureira, inclinada sobre o fogão, cercada pelas trevas, ouviu o chamado, mas aguardou. Manteve-se imóvel, sabia que Ramón a chamaria de novo, e de fato ele o fez:

– Por que não vem?

Ela foi.

Três chamas tremulam outra vez, juntas, sombras por todos os lados, mais parece um altar esse banheiro silencioso. Lúcia se desnuda, ligeira, os seios cônicos, a cintura delgada, as coxas fartas. Entra na banheira, pela extremidade oposta, para não incomodar o marido, e ficar à frente dele. Apesar da leveza de seu gesto, a água já morna rumoreja à sua entrada. Ramón afasta as pernas para que ela se encaixe.

– *Bueno*.

– *Sí, bueno...*

Os dois cerraram os olhos. Ela sente cócegas nos pés e os move com suavidade, roçando sem querer o pênis dele. Ramón abre os olhos, o desejo renasce, sob a água que esfria, em meio às coxas apertadas, eis o púbis de Lúcia onde começa outra noite.

Não tardará para que o pênis se alongue, os braços se apertem, os corpos se entendam, e o chão se molhe.

Depois, com as pernas trêmulas, Ramón ajudará Lúcia a arrumar o banheiro, segunda cortesia que lhe faz esta noite. Duas velas já agonizam e, antes que se apaguem, cumpre acender outra e levá-la à sala.

Envolvida numa camisola, Lúcia se senta no sofá. A casa permanece em ordem, cada coisa em seu lugar, exceto a costura, mas até onde vai sua culpa se faltou luz?

Segurando um pires, Ramón se enfurnou pelo quarto, voltará metido em seu pijama, na outra mão o violão gitano.

A mulher o observa, atônita, a última vez que ele tocou foi há um ano, mais pelo ócio que pela paixão.

– Vai tocar? – ela pergunta.

Nem no claro se descobriria que seus olhos sorriem. Vacila sua silhueta com a luz das velas, assim como as mãos de Ramón, apoiando o violão no ventre. Por alguns minutos, ele se ocupa em afinar o instrumento. Gira as tarraxas, estica uma corda, afrouxa outra, inclina-o, recoloca-o na posição inicial, braço contra braço. O toque de seus dedos agora é outro, não como da última vez. Depois de percorrerem o corpo amado, mais habilidosos se tornaram.

Ao longe, a sirena de uma viatura. Outro automóvel rasga a rua ao lado. A sombra na parede é enganadora, revela apenas um homem e seu violão. E ele o dedilha, compenetrado; Lúcia observa, condescendente, é o introito de uma clássica canção sevilhana. Sofrível, diriam os entendidos, a *performance* de Ramón, mas não teria graça nenhuma se em seu lugar estivesse Andrés Segóvia.

Uma linha puxa outra e outra e outra, até que se constitua um tecido. Assim também se dá com a música. De uma, o homem vai a outra. A primeira, só melodia. A segunda, acrescida de canto, mas voz única. A terceira, e as outras, duas vozes desafiando a escuridão.

Os dois cantam, como há muito não faziam, esquecidos do futebol, das agulhas, do blecaute. Percebem, mas não se importam, que uma das velas se apaga, as sombras crescem ao redor, ameaçando engolir tudo.

A segunda vela derrete, está quase no fim. Lúcia poderia ir à cozinha apanhar outra. Ramón ao banheiro, aliviar-se. Mas não, outra sevilhana já foi iniciada. As posições no instrumento ele conhece de olhos fechados. Ela sabe a letra, o marido as ensinou, tantas. E, então, na calmaria da noite, submersos no escuro, continuaram a cantar.

OS NOVENTA
Rachel de Queiroz
● ● ●

Com a chegada da maturidade, a autora faz um balanço de vida e percebe que vê o mundo e a si mesma com mais sabedoria e compreensão, bom motivo para se sentir feliz.

Por que as dezenas são importantes, a gente não sabe muito bem. Mas sempre procuro dar uma explicação a cada dezena de anos que completo. Desde os cinquenta. Talvez seja uma maneira de fugir ao impulso natural de negar a idade quando ela nos parece excessiva. Talvez uma defesa também: se eu proclamo a minha idade ninguém se interessará em alegá-la contra mim. Cinquenta, sessenta, setenta, oitenta e agora estes antipáticos noventa. Não estou achando a menor graça: e lá dentro do meu coração, eu sinto que estes noventa anos são uma injustiça imerecida.

A gente devia ter o direito de escolher a sua idade. Por exemplo, quando tenho no colo meu bisneto Pedro, que é um irreprimível aventureiro, sinto que o entendo, partilho das suas brincadeiras, me arrisco pelos caminhos que ele sugere. E realmente, com Pedro no colo, sinto que tenho quase a idade dele. Mas junto aos meus velhos amigos, já octogenários, ou mesmo nonagenários, sinto-me como se fosse o próprio Matusalém. Partilho dos problemas deles, das suas indignações, de suas cóleras contra o regime e o poder. Fazendo essas confissões ocorre-me, de repente, que sou uma pessoa de resistência muito frágil ao seu meio e às suas circunstâncias. Verdade que quase sempre sou do contra, embora um contra ameno, cordial, quase uma adesão.

Quando jovem, pregava revoluções e mudanças, me apaixonava contra os poderosos. Mas, à medida que fui envelhecendo, o meu grande amor pelo gênero humano sobrelevava todos os demais sentimentos. Quando jovem, a gente tem pelo próximo o interesse que é mais curiosidade, descoberta e até um pouco de ressentimento. À medida que o tempo passa, a gente abranda. Conhecendo melhor as próprias fraquezas, procura entender as fraquezas dos outros. E vê-los cometer atos de intolerância e hostilidade, a gente tira o desconto e, em vez de hostilizar, procura entender. Creio que a melhor qualidade da velhice é a compreensão, até mesmo a condescendência com o que nos pareça erro nos outros. E quando esses erros partem de uma pessoa amada, nossa tentativa de compreensão se duplica: o importante naquela pessoa, para nós, é o amor que lhe temos e não o seu comportamento.

O amor dos velhinhos por filhos e netos, às vezes detestáveis, se justifica precisamente pelo amor que lhes dedicamos. Amor que eles não fizeram nada por conquistar, mas que nós lhes oferecemos às mãos cheias e, principalmente, vindo do fundo do coração. Engraçado é que as cóleras e os ressentimentos também se aliviam. Será que, ao envelhecermos, ficamos mais frágeis, nossos ombros já não aguentam o peso dos ressentimentos? E muitas vezes nos surpreendemos a descobrir numa pessoa de quem não gostávamos qualidades ou virtudes que, anos atrás, jamais lhe admitiríamos.

O esquecimento, o amadurecimento e, para dizer uma palavra bonita, o perdão. Poucos dias atrás nos cruzamos de novo. Eu ia com pressa, mas lhe fiz um gesto amistoso e ele correspondeu com tanta cortesia como o faria um amigo do peito.

A gente se pergunta se este alívio dos ressentimentos é efeito eleito da memória desgastada ou de um abrandamento do coração. Talvez sejam as duas coisas: como o ressentimento se esvaiu com o passar do tempo, o coração não teve mais estímulo para reagir. Aliás, esse desgaste do tempo que se reflete também na face do seu ex-inimigo deve igualmente se refletir na própria face, aos olhos dele. E a cordialidade que mostra talvez derive da constatação dele: "Meu Deus, como a Rachel está velha e diferente! Coitada!".

É assim que acontece. O seu coração só guarda aqueles ressentimentos gravíssimos, os que não têm perdão. O resto vai embora, lavado pelo tempo. Em compensação quanta coisa boa nos ocorre de repente, boiando à flor da memória. Um sorriso, um gesto, um carinho. Aquela pessoa que você imaginava hostil de repente se aproxima e lhe dá um beijo no rosto. De graça, sem provocação da sua parte. E aquela gratuidade lhe dá uma sensação de prêmio; é como se você, passando num jardim, visse na sua mão a mais bela flor. Os gestos espontâneos quase sempre são inesperados. E com esse elemento de surpresa é que nos conquistam a gratidão.

Há pessoas que sentem muita pena de não terem conhecimento dos segredos do futuro. Eu, não. Este mundo atual já é tão rico de promessas, mas também de ameaças, que chego a dar graças a Deus por estes noventa anos já cumpridos. Pela falta de tempo a decorrer depois destes noventa anos, as surpresas serão poucas, quer as boas, quer as más.

A VERTIGEM
Drauzio Varella
● ● ●

Um médico nota que seus pacientes, diante da iminência da morte, vivem mais felizes do que antes, valorizando detalhes até então desprezados. Por que, enquanto há tempo, não aprender com essa lição?

A angústia causada pela impossibilidade de comprovar por meios racionais se existe vida depois da morte acompanha a humanidade desde seus primórdios. Imaginar que nos transformaremos em pó e que capacidades cognitivas adquiridas com tanto sacrifício se perderão irreversivelmente é a mais dolorosa das especulações existenciais.

Tamanho interesse no destino posterior à morte, entretanto, contrasta com a falta de curiosidade em saber de onde viemos. O que éramos antes de o espermatozoide encontrar o óvulo no instante de nossa concepção?

Aceitamos com naturalidade o fato de inexistir antes desse evento inicial, em contradição com a dificuldade em admitir a volta à mesma condição no final do caminho.

Como não existíamos (portanto, não fomos consultados para vir ao mundo), consideramos a vida uma dádiva da natureza, e nosso corpo, uma entidade construída à imagem e semelhança de Deus, exclusivamente para nos trazer felicidade, atender aos nossos caprichos e nos proporcionar prazer.

Essa visão egocentrada de quem "não pediu para nascer" faz de nós seres exigentes, revoltados, queixosos, permanentemente insatisfeitos com os limites impostos pelo corpo e com as imperfeições inerentes à condição humana. Assim, acordamos todas as manhãs com tal expectativa de plenitude e de funcionamento harmonioso do organismo que o desconforto físico mais insignificante, a mais banal das contrariedades são suficientes para causar amargura, crises de irritação, explosões de agressividade e depressão psicológica, não importa que privilégios o destino tenha nos concedido até a véspera ou venha a nos conceder naquele dia.

Ao contrário da dificuldade em nos livrarmos desses estados emocionais negativos que nos consomem parte substancial da existência, as sensações de felicidade geralmente são fugazes, varridas de nosso espírito à primeira lembrança desagradável.

Seria lógico esperar, então, que o aparecimento de uma doença grave, eventualmente letal, desestruturasse a personalidade, levasse ao desespero, destruísse a esperança, inviabilizasse qualquer alegria futura. Mas não é isso que costuma acontecer: vencida a revolta do primeiro choque e as aflições da fase inicial, associadas ao medo do desconhecido, paradoxalmente a maioria dos doentes com câncer ou Aids que acompanhei conta haver conseguido reagir e descoberto prazeres insuspeitados na rotina diária, laços afetivos que de outra forma não seriam identificados ou renovados, serenidade para enfrentar os contratempos, sabedoria para aceitar o que não pode ser mudado.

Não me refiro exclusivamente aos que foram curados, mas também aos que tomaram consciência da incurabilidade de suas doenças. Naqueles, é mais fácil aceitar que o fato de ter sobrevivido à ameaça de perder o bem mais precioso e de ser forçado a lutar para preservá-lo confira à vida um valor antes subestimado. Quanto aos que sentem a aproximação inevitável do fim, no entanto, soa estranho ouvi-los confessar que encontraram paz e se tornaram pessoas mais relaxadas, harmoniosas, admiradoras da natureza, amistosas, agradecidas pelos pequenos prazeres, e até mais felizes.

– Troquei as noites frenéticas, de uma boate para outra até o dia clarear, por minhas plantas, pela algazarra dos passarinhos logo cedo, por meus livros, pelo café da manhã com minha mãe e o jornal – disse um de meus primeiros pacientes a descobrir que estava com Aids.

Um colega de profissão, mais velho, tratado por mim de um câncer de próstata incurável, certa vez disse:

– Antes de ficar doente, eu nunca estava no lugar em que me encontrava: vivia alternadamente no passado e no futuro. Quantas coisas boas desperdicei por permitir que meus pensamentos fossem invadidos por memórias tristes ou contaminados pela ansiedade de planejar o que deveria ser feito em seguida. Era tão ansioso que chegava a puxar a descarga antes de terminar de urinar. A doença me ensinou a viver o presente.

Um rapaz de 25 anos que tratei de uma forma grave de linfoma de Hodgkin, tipo de câncer que se instala no sistema linfático, uma vez resumiu o amadurecimento prematuro que considerava ter adquirido:

– Sempre fui explosivo: brigava no trânsito, xingava os outros, ficava irritado por qualquer bobagem, já acordava chateado sem saber por quê. Quando entendi que podia morrer, pensei: não tem cabimento desperdiçar o resto da vida. Virei Albert Einstein, o defensor da relatividade: quando alguma coisa me desagrada, procuro avaliar que importância ela tem no universo. Descobri que é possível ser feliz até quando estou triste.

No ambulatório do Hospital do Câncer, quando perguntei a um maranhense iletrado, pai de 15 filhos e rosto marcado pelo sol, se a doença havia lhe trazido alguma coisa de bom, ele respondeu:

– O cavalo fica mais esperto quando sente vertigem na beira do abismo.

Custei a aceitar a constatação de que muitos de meus pacientes encontravam novos significados para a existência ao senti-la esvair-se, a ponto de adquirirem mais sabedoria e viverem mais felizes que antes, mas essa descoberta transformou minha vida pessoal: será que com esforço não consigo aprender a pensar e a agir como eles enquanto tenho saúde?

É PERMITIDO SONHAR
Moacyr Scliar

● ● ●

Enquanto alguns desistem dos sonhos no primeiro obstáculo, um obstinado senhor, aos oitenta anos, quer entrar na faculdade. Afinal, não há idade para ser feliz.

Os bastidores do vestibular estão cheios de histórias – curiosas, estranhas, comoventes. O jovem que chega atrasado por alguns segundos, por exemplo, é uma figura clássica, e patética. Mas existem outras figuras capazes de chamar a atenção.

Takeshi Nojima é um caso. Ele fez vestibular para a faculdade de medicina da Universidade do Paraná. Veio do Japão aos 11 anos, trabalhou em várias coisas, e agora quer começar uma carreira médica.

Nada surpreendente, não fosse a idade do Takeshi: ele tem oitenta anos. Isto mesmo, oitenta. Numa fase em que outros já passaram até da aposentadoria compulsória, ele se prepara para iniciar nova vida. E o faz tranquilo: "Cuidei de meus pais, cuidei de meus filhos. Agora posso realizar um sonho que trago da infância".

Najima trabalhou muito. Com a persistência e a resignação características de um povo que sobreviveu a muitos infortúnios (está aí o terremoto de Kobe a comprová-lo) ele foi em frente. Criou bicho-da-seda, vendeu tomates, foi dono de mercearia e de uma loja de produtos agrícolas. Deixou os estudos aos 15 anos, só conseguiu concluir o segundo grau em 1960, com 46 anos; e apenas no início de 1994 é que retomou seu projeto, com o apoio da mulher,

Vera, professora universitária de 48 anos. Fez cursinho – detalhe: em companhia do neto Elton, que pretende cursar administração.

O que o espera é igualmente duro: seis anos de um curso muito difícil, que começa sob a ominosa visão do cadáver, nas aulas de anatomia. Seguem-se outras cadeiras básicas, a clínica, a cirurgia, as especialidades. E o esforço não se encerra com o diploma: vem depois a residência, com seus plantões e seu estafante trabalho. Mas Nojima não se perturba com isto. Ele sabe até a especialidade que fará, geriatria (e seguramente será um médico mais velho que muitos de seus velhos pacientes). "Quero ensinar o povo a viver mais", declara. Viver mais, e melhor, é uma coisa que felizmente não depende de vestibular.

Não faltará quem critique Takeshi Nojima: ele está tirando o lugar de jovens, dirá algum darwinista social. Eu ponderaria que nem tudo na vida se regula pelo critério cronológico. Há pais que passam muito pouco tempo com os filhos e nem por isso são maus pais; o que interessa é a qualidade do tempo, não a quantidade. Talvez a expectativa de vida não permita ao vestibulando Nojima uma longa carreira na profissão médica. Mas os anos, ou os meses, ou mesmo os dias que dedicar a seus pacientes terão em si a carga afetiva de uma existência inteira.

Não sei se Takeshi Nojima passou no vestibular; a notícia que li não esclarecia a respeito. Mas ele mesmo disse que isto não teria importância: se fosse reprovado; começaria tudo de novo. E aí de novo ele dá um exemplo. Os resultados do difícil exame trazem desilusão para muitos jovens, e não são poucos os que pensam em desistir por causa de um fracasso. A estes eu digo: antes de abandonar a luta, pensem em Takeshi Nojima, pensem na força de seu sonho. Sonhar não é proibido. É um dever.

A MORTE E A ESPIRITUALIDADE
Luiz Alberto Py e Haroldo Jacques

● ● ●

É diante da possibilidade real da morte que muitos encontram o sentido da vida. O texto mostra que a tão idealizada imortalidade pode ser inimiga de quem quer ser feliz.

Um marco referencial, talvez o principal, para a questão do desenvolvimento da espiritualidade centra-se no tema da morte. Muitas vezes contemplando a morte, sua inevitabilidade e seu mistério, a pessoa encontra o sentido de sua vida. Como disse o médico e pensador suíço Albert Schweitzer, que dedicou grande parte de sua vida a assistir aos pobres em Lambarene, no interior da África:

> Pensar sobre a morte pode nos levar a amar a vida. Quando nos familiarizamos com a ideia da morte, recebemos cada dia, cada momento, como uma dádiva. Somente quando aceitamos a vida assim, pedacinho por pedacinho, é que ela se torna preciosa.

A relutância em pensar sobre a própria morte parece fazer parte da dificuldade emocional da maioria das pessoas. A não aceitação da morte torna a vida ao mesmo tempo tediosa e assustadora. Um célebre conto do importante escritor argentino Jorge Luis Borges fala sobre a terra dos imortais, onde a água, bebida de um rio, trazia a todos o dom da imortalidade. Um viajante buscava este lugar precioso na expectativa de encontrar obras e realizações fantásticas produzidas por aqueles que, por terem todo o tempo a sua disposição, tinham a oportunidade de chegar à perfeição. E assim sonhava o viajante, enquanto empreendia sua busca.

Um belo dia ele encontra seu destino, para sua decepção. Era uma terra desolada, sem nenhuma construção. As pessoas vagavam sem rumo e sem objetivo, descuidadas e sem pressa. Uma delas cai em um buraco. Passam-se noventa anos até que alguém tome a iniciativa de jogar uma corda para ajudá-la a sair. Ela também não se apressa em voltar. A eternidade é a amarga companhia dos imortais. Até que um dia uma notícia agita todos e os põe em movimento. Corre o boato de que em algum lugar desconhecido existe um rio cuja água, quando bebida, torna os imortais mortais. Rapidamente a terra dos imortais se esvazia e todos saem à procura do abençoado rio.

A morte é boa conselheira porque ensina que a vida é curta, e por isto preciosa, e não se deve desperdiçar tempo (de vida) com coisas sem importância, como vaidades e intrigas. Por se ter pouco tempo convém que este seja bem aproveitado e da melhor forma possível. Além disto, a morte ensina que dentro de algum tempo – cem anos, talvez – todos estaremos mortos. Nada do que se fez terá grande importância, os pequenos sucessos e fracassos pertencerão a um passado remoto e não serão mais lembrados. Não faz sentido tanta ansiedade e tensão acerca dos resultados obtidos, porque o todo-poderoso de ontem será o esquecido de amanhã. Estas reflexões ajudam a repensar projetos de vida e determinar a grandeza do sentido da vida de cada um.

L. S. teve um súbito acidente cirúrgico e passou uma semana entre a vida e a morte. Perguntado por amigos o que havia sentido quando em contato com a possibilidade de morrer, ele respondeu que ficara surpreso ao perceber como era fácil morrer: "não precisa bagagem, escova de dentes, nem passaporte". E afirmou que passara a valorizar o fato de estar vivo, como nunca o fizera antes. Disse ainda que desde então havia se dado conta de como eram tolas as suas preocupações com o futuro, visto que este poderia nunca chegar a acontecer e de como se tornara, para ele, mais essencial a valorização de cada momento do presente. Percebeu que planejar, embora importante para direcionar esforços, devia levar em conta a precariedade dos planejamentos frente ao poder dos acontecimentos de mudar toda uma vida em frações de segundos. E encerrou suas confidências com uma frase de Robert H. Schuller: "Qualquer pessoa pode contar o número de sementes em uma maçã, mas só Deus pode contar o número de maçãs em uma semente."

PEQUENAS FELICIDADES
Danuza Leão

● ● ●

No dia a dia, poucas pessoas conseguem enxergar a beleza dos pequenos fatos corriqueiros e se alegrar com isso. O texto revela que a felicidade, assim como a beleza, pode estar nos olhos de quem a vê.

As pessoas vivem reclamando, e nem prestam atenção aos pequenos e maravilhosos prazeres que a vida oferece. É preciso estar atento para identificar cada um deles no momento exato em que acontecem. Isso se chama: a vocação para a felicidade. Você tem essa vocação?

A geladeira está com defeito. Você telefona para a oficina e uma pessoa gentilíssima diz que o técnico está saindo para atender a um cliente pertinho de sua casa. Ele chega, não pede nem a nota fiscal nem a garantia, e diz que é uma bobagem, apenas um mau contato; em minutos, tudo resolvido. "Quanto é?" "Nada, não, senhora." Isso é felicidade.

Quando o frentista do posto diz que o carro não precisa de óleo nem água, e que a bateria está joia, você não casaria com ele na hora? E quando, às seis da tarde, destruída, para um táxi bem na sua frente, não é muito melhor do que uma barra de ouro de duzentos gramas?

Tanto te enlouqueceram que você parou de fumar, mas naquela hora venderia a alma por um cigarro. A campainha toca, é o porteiro novo. Meio sem graça, você pergunta se ele fuma. Simpático, ele tira o maço do bolso e – sábio – insiste para que você fique com mais dois. Muito, mas muito melhor do que uma informação privilegiada da Bolsa de Valores.

Outro momento de grande felicidade — raro, aliás — é chegar ao sítio e saber que nenhum ladrão apareceu, os cachorros estão cheios de saúde e o *boiler* funcionando na perfeição. O caseiro está resfriado, e aquela conversa comprida, só amanhã. Essa é uma grande prova da existência de Deus.

Você vê de longe, vindo pela calçada, aquele homem que já te fez perder o rumo de casa, e que não vê há tanto tempo. Está horrenda, sem óculos escuros, e não vai dar para evitar o encontro, droga de vida. Ele entra num prédio; isto é ou não felicidade?

E quando a faxineira telefona e diz que não pode vir? e o dentista desmarcando? e sua sogra dizendo que vai viajar e só volta daqui a três meses? e o tintureiro que conseguiu tirar a mancha daquele vestido maravilhoso? e conseguir pegar o carro sem o flanelinha te ver, pode ser melhor? Momentos como esses são preciosos, mas há quem prefira um jantar com Jack Nicholson. Pode até ser, mas só se tiver testemunhas (e uma boa foto no jornal, claro).

E têm os que você nem percebe mais. Depois da bagunça do fim de semana, chegar do trabalho e encontrar a casa arrumada, roupa de cama trocada, camisetas passadas no armário, cheirinho de comida na cozinha, parece até milagre.

Para não falar do exame de saúde que não deu nada, de seu filho lindo, do trabalho que você às vezes amaldiçoa, mas que no fundo adora. Sem falar do prazer de estar viva, há quanto tempo não pensa nisso?

Se você acha que esses momentos apenas acontecem, preste atenção: a felicidade também pode ser provocada. A qualquer hora, mesmo sozinha dentro de casa, olhe em quanta coisa boa você pode pensar. Exemplo: "que maravilha ter desistido da ginástica", "que delícia, como fulana está viajando, não vai telefonar para me alugar", "que bom que voltei a fumar", "que alívio ele ter ido embora e eu não ter que aturar os filhos dele nem os amigos que eu odeio", "sou dona de minha vida, que privilégio".

Reserve o próximo fim de semana só para você. Escreva na agenda, em vermelho, bem grande: "dia de ser feliz". Proteja--se, e não convide ninguém para esse programa, vai ser você com você mesma. Nesse dia, faça tudo o que nunca se permite, coma quilos de chocolate, abra um champanhe, não atenda o telefone, tente sentir, do fundo da alma: ninguém pode me fazer tão feliz quanto eu mesma. Se conseguir, vai ver que dá até para ser feliz com os outros. Com o outro.

FELICIDADE
Domingos Pellegrini
● ● ●

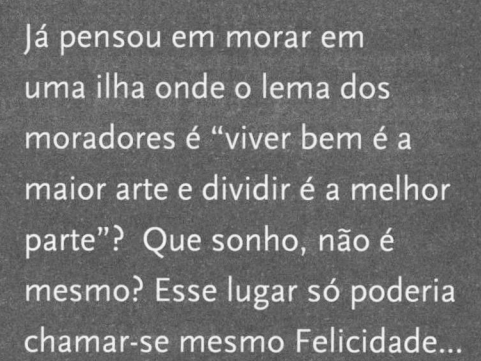

Já pensou em morar em uma ilha onde o lema dos moradores é "viver bem é a maior arte e dividir é a melhor parte"? Que sonho, não é mesmo? Esse lugar só poderia chamar-se mesmo Felicidade...

Felicidade é uma pequena ilha no Pacífico onde a língua oficial é o português mas, colonizada por piratas regenerados, tem outras línguas e gente de todos os continentes, um povo conhecido por ser tão esperto quanto bom. As gerações atuais, resultado de intensa mestiçagem, têm como principal característica, à primeira vista, o fato de cada feliz não se parecer com ninguém. (Sim, quem, é de Felicidade não é felicense ou feliciano, é feliz.)

Cada feliz não só não se parece com ninguém nem com nenhum tipo racial, mas também pensa diferente, ou pensa por si mesmo, mas o mais incrível é que todos ouvem e respeitam as ideias e sentimentos dos outros.

Um dos ditados mais populares é: se eu fosse você, não seria eu, né?

E como governar uma gente assim? Contam as lendas que no começo de Felicidade tentaram ter um governo, elegendo alguns para governar, mas poucas gerações bastaram para ver que os eleitos se corrompiam, apegavam-se ao poder e tentavam por todos os modos se perpetuar nos cargos e levar vantagens.

Como já não havia crimes além dos cometidos pelos próprios poderes públicos, os felizes fizeram a Revolução Feliz, acabando primeiro com a Justiça, tão injusta era pela própria lentidão. Em seguida, já que sem Justiça não há por que ter leis, e também porque tinham as leis na cabeça e no coração, acabaram com o Legislativo. Depois viram que, se podiam passar sem juízes e deputados, talvez pudessem passar também sem prefeitos e prefeituras. Cada um assumiu sua parte da felicidade, como dizem, desde cuidar do próprio lixo até dar sua cota de aulas nas escolas ou de trabalho nas construções e obras coletivas.

E que obras! As modernas aldeias são interligadas por ótimos trens e estradas, que convergem para a única cidade no centro da ilha, uma capital cosmopolita onde, por exemplo, Frank Sinatra cantou bem antes de vir ao Brasil. O cidadão feliz pode ver um grande show dos Stones e voltar para casa em 15 minutos.

As praças públicas têm piscinas de água mineral e os parques e jardins são tantos e tais que é preciso controlar o turismo.

As televisões disputam audiência com cada vez mais informação, arte e criatividade. Nas rádios, o sucesso do momento é o *blues Todo tapa dói muito, meu bem*.

O comércio é honesto, toda indústria é muito responsável e preocupada com os consumidores antes de tudo, já que em Felicidade o lucro é consequência e não meta. Talvez seja porque os felizes não tenham ambições, a não ser a de se tornarem artistas, que lá é aprimorar-se em qualquer coisa até se tornar uma arte. Por isso, em Felicidade tudo é único e especial, desde a culinária à decoração, a elegância e a solidariedade, a conversa e o humor, de tudo os felizes fazem arte. Um dos ditados mais felizes é que viver bem é a maior arte e dividir é a melhor parte.

O mar é lindo, há praias e rochedos, montanhas e vulcões, devidamente extintos, rios e cachoeiras, cascatas limpas como fontes e campos verdes como pinturas, plantações e bosques se sucedendo em harmonia.

O último caso de poluição em Felicidade foi o de um turista brasileiro que falava palavrões demais, o que lá é considerado poluição mental.

O menor salário é de dois mil dólares, sem qualquer desconto, porque mão de obra é rara: a grande maioria trabalha por conta e no que gosta. Talvez seja por isso que em Felicidade todo mundo anda sorrindo, tanto que até parece à toa.

E eu ando com uma baita vontade de me mudar pra Felicidade.

RECEITA DE FELICIDADE
Toquinho

● ● ●

A vida seria muito mais fácil se tivéssemos uma receita para a felicidade, não é? Pois o músico Toquinho descobriu o passo a passo para uma vida mais alegre.

Pegue uns pedacinhos de afeto e de ilusão;
Misture com um pouquinho de amizade;
Junte com carinho uma pontinha de paixão
E uma pitadinha de saudade.

Pegue o dom divino maternal de uma mulher
E um sorriso limpo de criança;
Junte a ingenuidade de um primeiro amor qualquer
Com o eterno brilho da esperança.

Peça emprestada a ternura de um casal
E a luz da estrada dos que amam pra valer;
Tenha sempre muito amor,
Que o amor nunca faz mal.
Pinte a vida com o arco-íris do prazer;
Sonhe, pois sonhar ainda é fundamental
E um sonho sempre pode acontecer.

Referências bibliográficas

ANGELO, Ivan. *Pode me beijar se quiser*. São Paulo: Ática, 1997.

BELINKY, Tatiana. *Onde já se viu?* São Paulo: Ática, 2004.

CAMPOS, Paulo Mendes. *O amor acaba*. Rio de Janeiro: Editora Civilização, 1999.
© Joan A. Mendes Campos

CARRASCOZA, João Anzanello. *Vaso azul*. São Paulo: Ática, 1998.

LEÃO, Danuza. *Danuza – Todo dia*. São Paulo: Siciliano, 1994.

QUEIROZ, Rachel de. *Falso mar, falso mundo*. Rio de Janeiro: José Olympio, 2002.
© Herdeiros de Rachel de Queiroz

PELLEGRINI, Domingos. *Ladrão que rouba ladrão*. São Paulo: Ática, 2002.

PY, Luiz Alberto & JACQUES, Haroldo. *A linguagem da saúde*. Rio de Janeiro: Campus, 1998.

RIBEIRO, Edgard Telles. *O livro das pequenas infidelidades*. Rio de Janeiro: Record, 2007.

SCLIAR, Moacyr. *Minha mãe não dorme enquanto eu não chegar e outras crônicas*. Porto Alegre: L&PM, 1996.

VARELLA, Drauzio. *Por um fio*. São Paulo: Companhia das Letras, 2004.

TOQUINHO. *Receita de felicidade*. © Universal Mus. Pub. MGB Brasil LTDA/ Circuito Musical LTDA.

Os autores

DANUZA LEÃO

A carioca Danuza Leão foi modelo e colunista social, e na década de 1990 fez sucesso com o livro de etiqueta *Na sala com Danuza*. Suas crônicas já foram reunidas em livros de sucesso e continuam a aparecer em jornais.

DOMINGOS PELLEGRINI

Domingos Pellegrini nasceu e cresceu em Londrina, sempre ouvindo histórias de viajantes. Adulto, continuou em meio a palavras: tornou-se jornalista, publicitário e escritor de sucesso. Seus diversos livros, sejam de crônicas ou contos, voltados para o público adulto ou infantojuvenil, trazem a linguagem simples e direta, com jeito de quem sabe contar uma boa história.

DRAUZIO VARELLA

O médico paulistano Drauzio Varella, sem abrir mão da boa literatura, transformou sua convivência diária com a doença em matéria-prima para textos sensíveis, que mesclam realidade e reflexão. Em seus livros, vida e felicidade adquirem novos sentidos.

EDGARD TELLES RIBEIRO

Edgard Telles Ribeiro é escritor, diplomata e cineasta. Dono de um estilo irônico, já publicou diversos livros de ficção, entre eles *Histórias mirabolantes de amores clandestinos*, que conquistou o segundo lugar no Prêmio Jabuti de 2005.

IVAN ANGELO

Contos, crônicas e narrativas infantojuvenis compõem a premiada obra do mineiro Ivan Angelo, autor traduzido em vários países. Seu livro *A festa* (1976) foi incluído pelo Ministério da Cultura entre as 125 obras mais importantes de nossa literatura em todos os tempos.

JOÃO ANZANELLO CARRASCOZA

O paulista João Luís Anzanello Carrascoza é professor universitário, contista e autor de histórias infantojuvenis. Já recebeu alguns dos mais importantes prêmios literários e tem textos incluídos em diversas antologias daqui e do exterior.

LUIZ ALBERTO PY E HAROLDO JACQUES

Os cariocas Luiz Alberto Py e Haroldo Jacques são médicos: o primeiro, psiquiatra; o segundo, especialista em medicina preventiva. Atuando em áreas diferentes têm uma mesma preocupação no consultório e nos textos que escrevem: a qualidade de vida das pessoas em termos físicos e principalmente emocionais.

MOACYR SCLIAR

O gaúcho Moacyr Scliar (1937-2011) é um dos grandes autores da literatura brasileira contemporânea. Escreveu mais de oitenta livros, entre romances, contos, crônicas e ensaios. Premiado e traduzido em vários países, foi eleito para a Academia Brasileira de Letras em 2003.

PAULO MENDES CAMPOS

O mineiro Paulo Mendes Campos (1922-1991) se tornou um dos nossos grandes cronistas, além de tradutor de obras importantes em prosa e verso. Seus textos mostram os questionamentos do ser humano, de forma quase sempre cética, mas sem nunca perder a ternura.

RACHEL DE QUEIROZ

A cearense Rachel de Queiroz (1910-2003) tornou-se, em 1977, a primeira mulher eleita para a Academia Brasileira de Letras. Escritora premiada, também foi jornalista e tradutora. A temática da desigualdade social é presença constante em sua obra.

TATIANA BELINKY

Tatiana Belinky nasceu em 1919, em São Petersburgo, na Rússia, e aos dez anos veio para o Brasil. Leitora voraz, descobriu ainda criança o prazer de escrever. Publicou mais de cem livros, entre textos seus, traduções e adaptações, inclusive para teatro e televisão.

TOQUINHO

O paulistano Toquinho é um dos maiores compositores e violonistas brasileiros, cujo sucesso atravessou fronteiras. Sua carreira acompanha a história da MPB e de nomes como Elis Regina e Chico Buarque, além da inesquecível parceria com o poeta Vinicius de Moraes. Também participou de importantes produções musicais dos anos 1960 e 1970, como "Castro Alves pede passagem", de Gianfrancesco Guarnieri.

Os organizadores

Carmen Lucia Campos é editora e escritora. Nílson Joaquim da Silva é jornalista, professor de português e escritor. Parceiros em vários trabalhos, foi o amor pela literatura e o fascínio pelos textos que os levaram a organizar antologias juntos. Já publicaram *Gente em conflito*, *Grandes amigos – Pais e filhos*, *Já não somos mais crianças* e *Lições de gramática para quem gosta de literatura*. Gostaram da brincadeira e não pretendem parar com ela tão cedo. Em projetos conjuntos ou individuais, uma coisa é certa: as palavras escritas sempre serão suas aliadas.